Felsen und Steine

Kurzgeschichten
von
Bassima Khoury

Felsen und Steine

Kurzgeschichten
Eine kleine Anthologie

Über die symbiotische Beziehung von
Menschen und Steinen,
inspiriert durch eigene Erlebnisse
Mit Illustrationen der Autorin

von
Bassima Khoury

Bibliografische Information der Deutschen
Nationalbibliothek:
Die Deutsche Nationalbibliothek verzeichnet diese
Publikation in der Deutschen Nationalbibliografie;
detaillierte bibliografische Daten sind im Internet über
http://dnb.d-nd.de/ abrufbar

FELSEN UND STEINE
Kurzgeschichten

Illustrationen: Bassima Khoury
Einbandgestaltung, Satz, Layout und Bildbearbeitung:
Ferial Khoury-Bec (BirdtreeBlue concept, France).
Schrift: Futura

Herstellung und Verlag:
BoD – Books on Demand, Norderstedt

ISBN: 9783749435494

Inhalt

Der Grenzstein

Unser Weg erschien mir endlos weit. Wir durchquerten eine steinreiche Steppe, deren Pflanzenwuchs kümmerlich war. Hier und da wuchsen zwischen den Steinen kleine kugelige Sträucher. Mein Begleiter, ein alter Beduine, beantwortete geduldig und freundlich alle meine Fragen. Ich wusste, dass wir bald sein Stammesgebiet hinter uns lassen würden und ins Gebiet des Nachbarstammes kommen würden.

Wie erkennst du die Grenze? fragte ich.

«Jeder aus den beiden Stämmen kennt den Anfang und das Ende seines Landes. Es ist eine unsichtbare Linie, die durch die Landschaft zieht. Da ist sie, und der Stein dort markiert sie».

Welcher Stein? Ich sah überall Steine!

Das Andenken

Die alte, zahnlose Nomadin saß vor ihrer Wohnstätte, einer sehr großräumigen Sandsteinhöhle, die sie mit ihren Angehörigen teilte. Hier wohnte die Familie seit Generationen. Während die Alte den süßen Tee vorbereitete, schimpfte sie über die derzeitige unglückliche Lage ihres Stammes. Ihre kleine Enkelin und ich, die im warmen Sand gemütlich vor ihr hockten, hörten gelassen zu.

Sie erzählte, wie die weit entfernte, ja gar unerreichbare staatliche Obrigkeit ihr Nomadenvolk aus ihrer gewohnten Welt in eine eigens für sie errichtete neue Barackensiedlung umquartieren wollte. Angeblich seien die Nomaden störende, abscheuliche Wesen und ein garstiger Anblick für die großen Touristenströme, die in dieser Region bald erwartet würden.

Die alte Nomadin bestand zornig und laut fluchend darauf, diese Höhle nie zu verlassen und ihre jahrhundertealte Lebensweise nicht zu ändern. Von wegen *«nur Jahrhunderte!»*. *«Nein»*, lästerte sie zurecht! *«In Wirklichkeit wohnen wir hier in dieser zauberhaften Gegend seit Tausenden und Abertausenden von Jahren!»*.

Ihr Bericht erschütterte mich. Die kleine Enkelin, die viel zierlicher gebaut war als alle schulpflichtigen und wohl ernährten Gleichaltrigen in den fernen Städten, saß da, resigniert, ein Häufchen Elend.

Zwei Jahre später kam ich wieder an jene Stelle zurück. *«Was zur Hölle geht hier vor?»*, rief ich fassungslos. Ich war schockiert, als ich die vielen, mit Kameras und langen Objektiven bewaffneten Touristen unweit im Tal sichtete. Die Alte hatte also doch Recht gehabt, ihre Befürchtungen waren kein Hirngespinst in der sengenden

Hitze der Steppe gewesen.

Wo waren meine Freunde, die Nomaden? Verzweifelt suchte ich die Höhle der alten Frau – vergeblich! *«Die Höhle müsste doch hier sein, ich habe mich sicherlich nicht verirrt!»*.

Plötzlich bemerkte ich in der Nähe den gigantischen Sandhügel und die diffus, wie zerbrochene Herzen herumliegenden Gesteinsbrocken, die dort eigentlich gar nicht hingehörten! Mir wurde mulmig bei den Gedanken, was denn geschehen sein mochte - meine Augen wurden feucht, meine Wangen erröteten, mein Körper erstarrte und mein Herz schlug einen ungewöhnlichen Rythmus. Diese schöne Höhle war wegen ihrer bunten Farbmaserungen, alternierend von Dunkelbraun, Purpur, Karmesinrot, Orange, Apricot bis hellem Safrangelb, die berühmteste Höhle der ganzen Region! Sie zog Fotografen und Geologen an, ihre

Abbildungen schmückten zahlreiche Bände und sogar Reiseführer.

Ich drehte mich heftig um, um die Stelle schleunigst zu verlassen, und ging traurig meines Wegs. Der Rucksack fühlte sich anders an als sonst, wie tonnenweise mit Blei beladen. Was folgte, war das unheimliche Gefühl, beobachtet zu werden. Als müsste mindestens eine Person irgendwo auf der Lauer liegen. Hinter jedem Stein, jedem Fels, von allen Hügeln herab und von den Bergspitzen spähten zahlreiche versteckte Augen.

Urplötzlich stand die Enkelin der alten Frau vor mir! *«Wo kommst du denn her?»*. Die Kleine mit den wuscheligen und windzerzausten Haaren. Sie war ein paar Zentimeter gewachsen.

Das Kind sprach: *«Man hat uns öfters gezwungen, unser Wohngebiet zu verlassen. Immer wieder kehrten wir zu unserer Höhle zurück, weil wir dort leben wollten. Unsere Ziegen und Kamele haben keinen Platz in der kleinen dünnwandigen Zementhütte, die man uns ersatzweise bereit gestellt hat. Weil wir hartnäckig blieben, sprengten die Diener der Obrigkeit und der Hotelbesitzer unsere Höhle mit Dynamit. Großmutter ist traurig, weil wir nicht mehr wie Nomaden leben können».*

Dann legte sie mir einen Brocken bunt ge-bänderten Sandsteins in meine Hand und sagte selbstbewusst und ausdrucksvoll:

«Hier, nimm das! Ich schenke dir ein Andenken an mein früheres Zuhause»,

… und ein Andenken an deine Freiheiten, dachte ich wehmütig.

Der Brunnen am weißen Felsen

Ein schwer beladener Wanderer schluckte den letzten Tropfen aus seiner ledernen Wasserflasche. Er suchte vergebens nach einer Wasserquelle, bis ihm plötzlich eine alte Frau in jener öden und trostlosen Landschaft über den Weg lief. Die Frau galt in ihrem Stamm als sehr klug und weise. Die Stimme der Wüstenbewohnerin war heiser und rau, der Wüstenstaub hinterließ merklich seine Spuren. *«Geh zum Weißen Felsen am Fuße jenes Berges drüben. Dort findest du, was du brauchst»*.

Als er verdurstend am Felsen ankam, traf er dort zwei wasser-schöpfende Hirten, die ihn höflich begrüßten. Sie fragten ihn nach seinem Weg, während er seinen unersättlichen Durst mit der segensreichen Nässe löschte und alle seine ledernen, wasser- und luftleeren Behälter mit der frischen, sauerstoffreichen Flüssigkeit wie versessen füllte.

Darauf antwortete er verlegen: *«Ich bin ein einfacher Händler. Mein Weg führt mich zum Markt in die ferne Stadt, um die Webkünste meiner Angebeteten, meiner verehrten Gattin, feilzubieten».*

Einer der Hirten trillerte neckend sein Lieblingslied:

«Die bittere Not ist ein gefährlicher Sog,
Frau Wolf bäckt das Brot im irdenen Trog,
Herr Fuchs stiehlt den Schrot, er log und betrog...».

Der Reimende hörte mit dem lustigen Trällern auf, denn plötzlich tauchte ein dritter Hirte am wasserspendenden Felsen auf. Er warnte die Männer vor einer Meute herannahender Ganoven, genau genommen vor den berüchtigten «Gespaltenen Pfeilen». Diese ungeheueren

Räuber überfielen ausnahmslos alle Handelskarawanen und Reisenden in der Region. Sie nahmen ihnen alles weg, bis auf das letzte Hemd. Sie ruinierten die klagenden und winselnden Opfer, die oft danach ihr weiteres Überleben mit dem Bettelstab bestreiten mussten und konnten ihn höchstens im Traume gegen ihre gestohlenen, aber hingegen, -ach, wie jammervoll-, zuvor so herrlich klingenden, prall-gefüllten Goldbeutel umtauschen.

Bevor die Hirten ihre Herden in Sicherheit brachten, zeigten sie dem Händler noch schnell einen verborgenen Umweg um den Berg herum, den er im eigenen Interesse nehmen solle. Schließlich waren die Webkünste einer fleißigen Frau eine zu kostbare Ware und für die Diebe eine ergiebige Beute! Dieses kunstvolle Gut sollte genauso pflichtbewußt vor den niederträchtigen Plünderern verteidigt werden wie die für die Menschheit nützlichen Erzeugnisse ihrer eigenen, auserlesenen Tiere.

Rasch trennten sich die Männer mitsamt ihrer beweglichen Habe. Wie ein Lauffeuer verbreitete sich die Panik auf die im Sonnenschein aalenden Reptilien. Eine lauernde, scheinheilige Hyäne lachte die gehetzten Männer höhnisch aus, bis ein Windhauch daherkam und diesen Galgenhumor, der so gespentisch und heuchlerisch klang, in eine andere Himmelsrichtung wehte.

Der Wanderer vernahm die leisen Schwingungen einer fernen und heiseren Stimme. *«Dort am Weißen Felsen unter dem großen Berg hast du gefunden, was du brauchst»*.

Da hat sich die alte Beduinenenweisheit wieder einmal bewahrheitet: *Wer nicht zum Brunnen geht, der stirbt schneller.*

Die weinende Steinorgel

Die Kinder der Beduinen lachten mich, die neugierige Wanderin, aus, nachdem ich ihnen erklärt hatte, dass meine ausgebreitete topografische Karte mir den Weg zeigte. Auch lachten sie mich aus, weil dort nur die Namen der höchsten Berge stünden. Schließlich hätte ihrer Behauptung nach jeder Stein, jeder Fels, jedes Tal und jeder kleinste Hügel einen eigenen Namen von den Beduinen erhalten - und wieso diese komische Karte davon nichts wüsste. Natürlich könne keiner, der solche drolligen Linien und Kreise auf Papier zeichnete, so etwas wissen! Wisse ich denn gar nicht, dass ich mich gerade auf den *Tabaqat Al Suleiman* (Hügel des Suleimans) befinde? Und dass der große Felsen dort, wo sie mir bereits die urzeitlichen Felsbilder gezeigt hatten, *Tabaqat Al Araneb* (Hügel der Hasen) hieße? Woher denn wohl? - Gekicher.

Wie versprochen, führten mich die Kinder eines Tages ins Tal der *Al Sakhr Al Baki* - der Weinenden Felsen. Dort konnte ich die Sandsteinwände einer Bergkette bewundern, die durch die natürliche Erosion über die geologischen Zeiten hinweg ihre verformte Fassade erhalten hatte. Vertikal verlaufende dünne Halbsäulen, die aus der Felswand heraus gewittert waren, liefen parallel entlang der ganzen Gesteinsoberfläche, sie wuchsen vom Gipfel herab bis zum Erdboden - ihr Anblick erinnerte mich an Stalaktiten. Die Länge und die Breite der herabhängenden steinernen Säulen variierten stark. Die kürzeren und dünneren Zapfen sahen aus wie in Stein erstarrte Tränen. Die Kinder klopften zuerst mit einem Gegenstand an diese kleineren Tropfen, dann abwechselnd auch an die größeren Säulen. Die ausgeprägten Klänge ertönten in verschiedenen Höhen und ihr Echo, das von den umgebenden Bergkämmen entlang des Tals zurückschallte, mischte sich ein und bildete einen Kanon. Diese Klänge mitsamt dem widerhallenden steinernen Chorus erzeugten eine teils melancholisch, teils erfrischende und anmutige Melodie, die wirklich sehr fesselnd war.

Die hämmernd musizierende Jugend trieb ausgelassen ihren Schabernack und stimmte obendrein ein Lied an, das passend zur Melodie klang:

«Im Tal der Weinenden Felsen,
da lebt eine verwunschene Menschenseele.
Ihr Jammern soll bewirken,
dass sie gerettet werd' aus ihrer Misere.

Ist's ein feines, hübsches Mädchen?
Das wird uns der Berg leider nicht verraten.
Ist's eine Eingebildete?
Das wird uns der Berg leider nicht verraten.

Hab' Acht vor dem übelsten Dschinn,
der einen Menschen in Stein verwandeln kann».

Dieses kindliche Spiel inmitten der Natur mit Stein, Klang und Witz war ein faszinierendes Erlebnis. Die Steinmusik hallte noch lange in meinen Ohren.

«Wenn du willst, dann zeigen wir dir morgen den Felsen der Eidechse, in die sich der kleinste und schrulligste Dschinn verguckt hat», sagten sie fröhlich, spielend und herzhaft kichernd. *«Und bitte vergiss nicht, die Namen aller Stellen, Hügeln, Felsen, Felsrinnen und Täler sorgfältig in deine seltsame Landkarte einzutragen»*.

Das Amulett der Liebe

Eines Abends nahm ich an einer festlichen Mahlzeit im Lager eines Beduinenstammes teil. Die Gastgeber begrüßten ihre Gäste und die Menschen verteilten sich fröhlich um das große Lagerfeuer, das sich im Zentrum des Zeltlagers befand.

Neben mir saß eine junge Beduinin, die einen einfachen Anhänger trug. Er war anders als die üblichen Amulette der Beduinen, die bei Silberschmieden auf den Märkten in ihrem Auftrag angefertigt wurden, auch fehlte das die bösen Geister abwehrende Türkis. An der Kette hing nur ein blutroter Achat. Ich fragte das Mädchen nach dem Grund des Sonderbaren.

«Der hübsche rote Stein hilft mir, eines Tages meinen Bräutigam selber auszuwählen».

Ich musste erneut fragen, um die Angelegenheit zu verstehen.

«Rote Steine sind Liebes-Steine. Wenn ein Jüngling mir gefallen wird, dann wird der Stein zauberhafte Kräfte entwickeln. Der Auserwählte wird sich sofort Hals über Kopf in mich verlieben und mir ewig treu bleiben».

Ich war mit ihrer überzeugten Antwort und ihren urglücklichen Lebensansichten zufrieden.

Das Festmahl konnte beginnen.

Die Felseninsel

Die Schlucht war überschwemmt. Die Sturzfluten fegten rasant über alles hinweg, und wer nicht rechtzeitig die steilen Felsen hochklettern konnte, wurde von den Wassermassen und dem sandigen Brei fortgerissen. Das Ertrinken in der Wüste ist kein unbekanntes Phänomen. Auch kräftige und große Säugetiere haben dann keine Überlebenschancen. Ihre starken Muskelpakete können solcher Naturgewalt nicht widerstehen. In einer felsigen Landschaft läuft man Gefahr, gegen harte Felsen geschleudert zu werden.

Und doch! Da hing ein verkrampfter Wanderer, ca. zehn Meter hoch, an einer steilen Felswand und über diesen hohen Fluten. Der Naturliebhaber hatte Glück, dass die Wand wegen der Erosionen kleine Mulden und Spalten besaß. Seine Finger krallten sich in die Kerben neben seinem

Kopf. Seine klobigen Wanderschuhe gruben sich tief in den unteren Mulden ein. Seine Beine und sein Torso klammerten sich an dem sonnengewärmten Stein fest. Mit der Wärme floss in ihn das Gefühl einer gewissen Geborgenheit. Er fühlte sich wie ein im Mutterleib behütetes Embryo. *«Hoffentlich halten es meine Finger noch lange genug aus», dachte er, «bis sich die wütende Mutter Erde wieder beruhigen kann».*

«Wann ist das endlich vorbei? Ich kann nicht mehr!», schrie er laut und fing an, Selbstgespräche zu führen.

Er kannte die trockene Gegend sehr gut und geriet niemals in solch einer misslichen Lage. Eigentlich hatte er niemals eine Flut in der Wüste erlebt. Seine Nase spürte einen sonderbaren Geruch. Es war der Geruch der Feuchtigkeit, der Nässe, die seine Wahrnehmung sofort alarmiert hatte. Irgendwo hatte es im weiten Norden zweifellos geregnet! Im Nu lief er zu dem rettenden

Felsen mitten im breiten Tal, ganz intuitiv. Besser vorsichtig sein, als zu spät reagieren. Wer weiß, was kommen mag. Er hatte immerhin vernünftig gehandelt. Wie oft, hatte er die warnenden Berichte der Nomaden über solche Katastrophen gehört, die oft im Frühjahr, im Herbst oder im Winter erfolgten! Sie waren es, die die schnell auftauchende, feuchte Witterung in der vorher extrem trockenen Luft beschrieben hatten. Nur deswegen wusste er Bescheid. Er ist nur Gast in der Region, ein externer Kundschafter mit Proviant im Rucksack, mit Kamera, Fernrohr und mit zoologischem Bestimmungs- und Logbuch.

Der Mann überlegte, ob er nicht weiter klettern sollte, oben auf der Felskuppe zu sitzen wäre viel gemütlicher als jene verkrampfte Haltung, in der er verharrte. Er blickte gen Himmel und hievte sich mit letzter Kraft weiter hoch.

Plötzlich fühlte er, wie sich ein Etwas an seiner

Wade festkrallte, ein Gewicht, der nicht dahin gehörte. Bis zu diesem Moment scheute er sich nach unten zu blicken, um nicht zu schwindeln. Er hatte schon eine Vorahnung; es fühlte sich an, wie die Krallen eines Tieres, das an seinem Bein hing. Vorsichtig schielte er mit einem Auge dorthin und erkannte den Körper eines schuppigen, leguanartigen und ausgewachsenen Reptils, das ihn gleicherweise, aber auch ängstlich musterte. Der Kletterer fühlte sich geehrt. Für die erbärmliche Echse war sein Bein die Rettung vor dem kläglichen Ertrinken! Wie herzzereißend! *«Wir schaffen es, alter schuppiger Kumpel! Nur bitte, beiß mich nicht!», «und lieber, gütiger Fels, hab' Erbarmen mit uns!».*

Der Mann schaffte es endlich, sich und die verzweifelte Echse hoch zu schleifen. Sobald er oben ankam, watschelte das scheinbar dankbare Tier davon.

Nach einer trostlos langen Weile versickerte das

Wasser und die Geier flogen wieder suchend über die Täler hinweg. Der erschöpfte Mann mit seinen schmerzenden Gliedern hörte die besorgten Nomaden nach ihm rufen. Es war vorbei, der Wanderer konnte seinen rettenden Felsen getrost verlassen.

Die Autorin

Bassima Khoury bezeichnet sich als „multikulti" und ist in Europa wie im Orient verwurzelt. Ihre Erlebnisse in der arabischen Welt haben sie inspiriert, Geschichten zu schreiben, um uns Europäern die Lebens- und die Denkweisen anderer Kulturen näher zu bringen. Gerne wählt sie die Mittel Humor und auch der Groteske, anstatt das Leid und die politische Dramatik des Orients zu beklagen. Sie möchte die Idyllen dieser Region im kulturellen Gedächtnis bewahren.

Mein herzlicher Dank geht an Frank Siegmund für Lektorat und an Ferial Khoury-Bec für Satz/Layout, Bildbearbeitung und Coverdesign.

BirdtreeBlue *concept*

Agence design/grahique - France
http://birdtreeblue.com

Publikationen von Bassima Khoury:

Riman und der wundersame Greif. BoD Norderstedt.
2016 (Taschenbuch und Gebunden).

Frau Gott. Ein satirischer Sketch. BoD Norderstedt.
2018.